¿DÓNDE VIVO?

EL PUEBLO

Un libro de Las Raíces de Crabtree

ALICIA RODRIGUEZ
Traducción de
Pablo de la Vega

CRABTREE
Publishing Company
www.crabtreebooks.com

Apoyos de la escuela a los hogares para cuidadores y maestros

Este libro ayuda a los niños en su desarrollo al permitirles practicar la lectura. Abajo están algunas preguntas guía para ayudar al lector a fortalecer sus habilidades de comprensión. En rojo hay algunas opciones de respuesta.

Antes de leer:

- ¿De qué pienso que tratará este libro?
    - *Pienso que este libro es sobre los pueblos.*
    - *Pienso que este libro es sobre lo que podemos encontrar en un pueblo.*
- ¿Qué quiero aprender sobre este tema?
    - *Quiero aprender qué tan grande es un pueblo.*
    - *Quiero aprender cómo se ve un pueblo.*

Durante la lectura:

- Me pregunto por qué...
    - *Me pregunto cuál es la diferencia entre un pueblo y una ciudad.*
    - *Me pregunto por qué los pueblos tienen su propio gobierno.*
- ¿Qué he aprendido hasta ahora?
    - *Aprendí que un alcalde es el líder de un pueblo.*
    - *Aprendí que un pueblo puede tener casas, escuelas y tiendas.*

Después de leer:

- ¿Qué detalles aprendí de este tema?
    - *Aprendí que la mayoría de los pueblos tienen alcaldías.*
    - *Aprendí que en la mayoría de los pueblos vive un número pequeño de personas.*
- Lee el libro una vez más y busca las palabras del vocabulario.
    - *Veo la palabra* ***calle*** *en la página 4 y la palabra* ***alcalde*** *en la página 6. Las demás palabras del vocabulario están en la página 14.*

Vivo en un **pueblo**.

Tiene una

calle principal.

Tiene muchas **tiendas**.

El **alcalde** es el líder.

Él trabaja en
la **alcaldía**.

Mi escuela está
en mi pueblo.

También tiene una **estación de bomberos**.

18 SQUAD CO. 18
SQUAD 18
NY.

Me gusta mi pueblo.

NO TURN ON RED
IRONVILLE UMC

Lista de palabras

Palabras de uso común

el	la	tiene	vivo
en	me	trabaja	
es	mi	un	
está	también	una	

Palabras para conocer

alcalde

alcaldía

calle

estación de bomberos

pueblo

tiendas

37 palabras

Vivo en un **pueblo**.

Tiene una **calle** principal.

Tiene muchas **tiendas**.

El **alcalde** es el líder.

Él trabaja en la **alcaldía**.

Mi escuela está en mi pueblo.

También tiene una **estación de bomberos**.

Me gusta mi pueblo.

CRABTREE
Publishing Company

¿DÓNDE VIVO?

EL PUEBLO

Written by: Alicia Rodriguez
Designed by: Rhea Wallace
Series Development: James Earley
Proofreader: Janine Deschenes
Educational Consultant:
Marie Lemke M.Ed.
Translation to Spanish:
Pablo de la Vega
Spanish-language layout and
proofread: Base Tres
Print and production coordinator:
Katherine Berti

Photographs:
Shutterstock: Roberto Galan: cover;
George Sheldon; p. 1; Sean Pavone: p. 3, 14;
Marekuliasz: p. 4-5, 14; Page Light Studios: p.
6, 8, 14; Bob LoCicero; p. 7, 14; JJFara: p. 11, 14

Library and Archives Canada Cataloguing in Publication

Title: El pueblo / Alicia Rodriguez ; traducción de Pablo de la Vega.
Other titles: Town. Spanish
Names: Rodriguez, Alicia (Children's author), author. | Vega, Pablo de la, translator.
Description: Series statement: ¿Dónde vivo? | Translation of: Town. | "Un libro de las raíces de Crabtree". | Text in Spanish.
Identifiers: Canadiana (print) 20210252650 |
Canadiana (ebook) 20210252669
ISBN 978103961698 (hardcover) |
ISBN 9781039617049 (softcover) |
ISBN 9781039617100 (HTML) |
ISBN 9781039617162 (EPUB) |
ISBN 9781039617223 (read-along ebook)
Subjects: LCSH: City and town life—Juvenile literature.
Classification: LCC HT152 .R6418 2022 | DDC j307.76/3—dc23

Library of Congress Cataloging-in-Publication Data

Names: Rodriguez, Alicia (Children's author), author. | Vega, Pablo de la, translator.
Title: El pueblo / Alicia Rodriguez ; traducción de Pablo de la Vega.
Other titles: Town. Spanish | At head of title: ¿Dónde vivo?
Description: New York, NY : Crabtree Publishing Company, [2022] | Series: ¿Dónde vivo? - un libro de las raíces de Crabtree | Includes index.
Identifiers: LCCN 2021030270 (print) |
LCCN 2021030271 (ebook) |
ISBN 9781039616981 (hardcover) |
ISBN 9781039617049 (paperback) |
ISBN 9781039617100 (ebook) |
ISBN 9781039617162 (epub) |
ISBN 9781039617223
Subjects: LCSH: Cities and towns--Juvenile literature.
Classification: LCC HT152 .R633918 2022 (print) | LCC HT152 (ebook) | DDC 307.76--dc23
LC record available at https://lccn.loc.gov/2021030270
LC ebook record available at https://lccn.loc.gov/2021030271

Crabtree Publishing Company
www.crabtreebooks.com 1-800-387-7650

Printed in the U.S.A./092021/CG20210616

 In Canada: We acknowledge the financial support of the Government of Canada through the Canada Book Fund for our publishing activities.

Published in the United States
Crabtree Publishing
347 Fifth Avenue, Suite 1402-145
New York, NY, 10016

Published in Canada
Crabtree Publishing
616 Welland Ave.
St. Catharines, Ontario L2M 5V6